JN084274

五行歌集

きっと　ここ

―私の置き場―

ゆうゆう

そらまめ文庫

目次

一章　みち

かつて人は
のんびり真ん中を歩いていた
そこを
「みち」
と、呼んで

「春の小川」を
「赤とんぼ」を
ビュンビュン
車が
追い越していく

ショッピングモールの片隅に
とうとう居座った
一軒家と野菜畑
ほっとする
頑固さで

「田舎はいいわね」と
観光客は
あかるく言って去っていく
唯一あった産科が
近々閉じるという

町のシンボルだった
銀杏の樹
「落ち葉が迷惑」
との苦情によりまして
切り倒されました

運動場や
お砂場に
区切られた
こどもたちの
土

りゅうぐうの
「地面破壊に成功！」と
喜び合うＴＶ画面
地球だけでは
足りないか

二章　もう　休んでいいよ

食べるのが遅いと
先生から注意され
学校に行けなくなった
子
ちいさな子

きちんと！　きれいに！
はやく！　がんばれ！
みんないっしょに！
そんな言葉たち
もう　休んでいいよ

号令で
一斉に従ってくれたら
まとめる者は楽チン
学校も刑務所も
そして　お国も

おじぎが先？「こんにちは」が先？

それとも　いっしょ？

ある小学校低学年の道徳のスキル
「れいぎ正しいあいさつ」

目が点になった

「わたしを見て！　見て！」
が
ＳＮＳで
燃えている
焦げている

家々の窓に
灯りが点っていく
あたたかく
たのしい
ふりをして

ただいま～　おかえり！を
知らない子どもたち
あたり前の言葉を　あたり前のご飯を
あたり前に・・・と
広島の「ばっちゃん」

※「ばっちゃん」は約四十年にわたり社会から弾きだされた
子どもたちを支援し続けている

厚生労働省の調査によると
七人に一人の子どもが
貧困だという
この国の豊かさは
どうかしている

「辛かったのは
身を売ることより
愛された
記憶がなかったこと」
ある少女の証言

「私たちは買われた」展より

「人として愛されたい
認められたい」と
少女たちが行き着いたところは
闇
さらに深い闇

「私たちは買われた」展より

三章　八月になると

「毒ガス島」で
実験用に飼われていた
兎
いまは
観光地「うさぎ島」となって

八月になると
途端に鳴きしきる蝉
ヒロシマは
ナガサキは
それを静かに聞いている

八月の蟬のように
まわりに
臆することなく
わが声を
発せられるだろうか

町内会での
同調圧力には
まぁいいか　と従っている
「国防〇〇会」「愛国〇〇会」
になったら　どうする！

四章　無音の舌打ち

レジでは小銭を落とし
ＡＴＭでは手間取る
〝老人嫌い〟の
無音の舌打ちが
きこえてくる

孫自慢に
病気自慢
もの忘れによるお笑い
三つ四つ披露して
そろそろお開き

肝臓肥大
糖尿病
高血圧
関節炎
老犬の診断結果ですが

匿名で行った
善意
「あれは私だよ」と
こころが
言い続ける

高齢者むけ活動には
楽しさに加え
知の香辛料も
ひとふり
お忘れなく

最後の坂を
きもちよく
転がっていくには
欲の手足が
まだまだ邪魔をする

ことあるごとに
十把一絡げだった
団塊世代
最終章くらいは
個でありたい

優れた映画や本は
〈完〉のあと
余韻がつづく
さて本日の「おわり」
は、どうだろう

五章　風が吹く

「独り」は
それだけで完結するけれど
誰か添うひとあれば
とたんに
風が吹きはじめる

好きになる瞬間《とき》は
ほほに
嫌いになる瞬間《とき》は
背に
風がふく

母の着物の袖に
ふっと女の香などたつと
あまり良い気はしなかった
私の娘たちも
そうだろうか

季節のおわりに
そっと撫でていく
風の行方など
問うてみたところで
詮無い

これ以上近づけば
傷つくことはわかっている
二匹の猫が
ほどよい間合いで
日向ぼこ

六章　涙の受け皿

暗い話題なのに
さいごは
冗談言って笑っている
そんなものかな
他人ごとって

気のおけない友というのは
いいものだ
「ダメ」という
やすらぐ否定語を
持っている

いい人はただ微笑むばかり
いい人はただ頷くばかり
いい人は
いまの私には
いらない

尖った言葉を
吐いた途端
ズキズキ痛む
どこまでも痛む
許しを乞うまで痛む

こころの
奥深いところで
つながっていける人は
そんなにはいない
ひとりかもしれない

年を経るたび
涙の受け皿は
大きくなるのか
他人の涙まで
落ちてくる

七章　セピア色

セピア色の
家族写真の中で
わたしの眼が
訴えているものを
誰もしらない

身内の悩みは
足枷のようなもの
外そうと思えば
さらに
喰い込んでくる

一族が集まる
めでたい日
隅の方で
胃痛の
ひと

自分の正しさが
全てだった父
わたしの
隠れた反抗期は
大人になっても続いた

結婚が決まり
嬉しかった理由のひとつに
父からの解放があった
夫は父の
反対側にいるような人だった

父も同じような親に
育てられたという
気づけば私も
その連鎖を
断ち切れずにいた

長い反抗期を
詫びることなく
父を見送った
それが
ただ悔やまれる

記憶から
「苦」のつく文字が
消えていくのか
穏やかに安らかに
仕上がっていく母

こどもにとって
憩える居場所が
一つでもあれば救われる
母は
わたしの野原だった

八章　男気・女気

誠実さの故だったのか
真実という苦悩を
妻に送りつけた
夫の顔には
安堵の色

カラカラと
楽しそうにまわる
窓ぎわの風車
わたしの知らない
風を受けて

長く愛用すれば
セーターだって
毛玉ができる
触れあって
擦れあって

今夜こそ
という男気を
冗談で往なしてやる
女気も
せつない

熱湯
保温
再沸騰
二人につけたい
この装置

九章　最後のプライド

明るく元気な
見舞客が去ったあと
病室は
ちがう病を
思い出す

病とは無粋な奴だ
最後のプライドさえも
剝ぎ取ってゆく
夫は
おむつを拒絶して

「こりゃ誰の葬式？」

「え！　おれの？」

「嘘じゃろ～」

遺影が
不本意そうに笑っている

死後の
叙位叙勲
それでも
「おめでとう」
と

向き合ったら
押し潰されそうで
亡夫との想い出は
白布で
覆ったまま

十章　きっと　ここ

同居の義母を見送った後は
さもしい自由
夫が逝ってしまった後は
さみしい自由
私は自由になったのだ

ひとりご飯の向こうで
夫婦がふつうに食事している
こんなときかな
「さみしい」って言葉
思い出すのは

カラッポ　カラッポ　カラッポ
荷を下ろした
貨物列車が通る
さみしそうでもあり
ほっとしているようでもあり

人生が
ひっくり返ったというのに
まだ続きを生きている
しかも
笑いの中で

一枚一枚
偽りの衣を
ぬぎ捨てていく
さいごの
断捨離

自分の意思を超えた何かに
導かれてきた人生と思う
その何かに
今度こそ
向き合わねば

長い放浪だったけれど
やっと
「私」の置き場に
たどり着いた
きっと　ここ

十一章　放物線

「高校時代
この歌手の歌で救われたんだ」と
娘がポツリと言った
ひとりで抜けたらしい
母の知らないトンネル

はじめて母となり
その子が
「自閉症」と診断されたとき
娘はさらに
頼もしい母親の顔になった

わっくんは
特殊な感覚を
神様から頂いたんだね
ふしぎだね
すてきだね

妹しおりちゃんは
兄わっくんの
おねえさん　おかあさん
ともだち　せんせい役も
楽しんでいる

障害があろうと
なかろうと
本気で喧嘩もし　仲直りもする
子どもは遊びながら
学んでいく

みんな　みんな
切れ目なくつながる
おおきく
なだらかな
虹の放物線

跋　虹の放物線

草壁焰太

ゆうゆうさんの優れているところは、批評力と正直さである。批評力は、正確にものごとをとらえるのによく、正直さは物事のほんとうの位置づけを正しくしていくのにいい。こういう人の発言は、人をはっとさせる真実を初めて示すことがある。

今夜こそ
という男気を
冗談で往なしてやる

女気も
せつない

彼女の歌の鋭さに感心していた私が、立ちすくんだ歌である。こういう歌、文章は初めて見たという気がした。

詠われているようなシーンは、よく見かけるが、男はうまくあしらわれる印象ばかり持っていて、せつながっている女気というものがあるとは気がつかない。それを初めて女性が書いてくれたという気がした。

これは正直だから書けた歌である。正直は、彼女を豊かにしている素直でもある。批評力のほうは、彼女自身がいやがっているようなところもある。自身の批評力から抜け出したいような歌もいくつかある。私が見るところでは、家系的に父から受けたものらしく、それを癒してくれたのが、亡くなったご主人であったと言っているように見える。

人生がうまく調和して完結しようというときに、亡くなったのであろうか。

長い放浪だったけれど
やっと
「私」の置き場に
たどり着いた
きっと　ここみんな　みんな
切れ目なくつながる
おおきく
なだらかな
虹の放物線

最後に、彼女はその批評力を超えて、いいところに到達した。読後、しばらく、歌稿の綴りを閉じるのを忘れ、心の旅の余韻に浸った。

あとがき

朝食の支度をしていると、ラジオから流れてきた「ごぎょうか」という聞きなれない言葉。「今の言葉で」「思いを自由に表現する」など、新しい詩歌の紹介であるらしく、好奇心のアンテナがビビッと刺激を受け、いそいで連絡先を書きとめました。そして、早速その月の例会に参加。

あの日からもう十五年。よき出会いとはそういうものなのでしょうか。

その間、わたし自身にも、周りにもいろいろと変化がありました。そのつど、日記代わりに詠んだ歌もかなりな量になりましたが、読み返してみますと、どれも気恥ずかしくなるような歌ばかり。それでも、断捨離をはじめた今、これだけはなんとか形にして、手元に置いておきたいと思いはじめました。でも思いばかりで、その一歩がなかなか踏み出せずにいました。

今回、滞っていたその歌集への思いに、本気で向きあおうと思ったのは、地元、中国新聞社の論説委員の方と、五行歌との、不思議なつながりを知ったことと、そのことを通し、励まされた気がしたからでした。

私が五行歌を始めて間もない十数年前のこと。

〝団塊世代向けの企画〟として、中国新聞社の方が歌会に取材に来られ、思いがけず私の拙歌（八章の「熱湯／保温／再沸騰…」）が当日の例会で二席に入り、歌とその歌への自分の思いを載せていただいたことがありました。

またいく度か、他の五行歌人さんたちの歌も、コラム「天風録」の中で取り上げてくださいました。

そして昨年の夏のこと。

思うところあって、子どものいじめ対策として、小・中学校の教科書に取り入れられた〝道徳〟に関してのミニ講演会を受講した際、その講師の方と、それまで五行歌を新聞にとりあげ、後押ししてくださっていた記者の方が、偶然にも、同じ石丸賢氏であったと知り、その不思議なご縁に驚かされました。

講演会後、「今のおかしな教育体制に怖さを感じました」という短い感想に加え、歌二首（二章の「号令で／一斉に従ってくれたら…」と「おじぎが先?…」）を、氏にお送りしましたところ、「いい五行歌ですね」とご返事をいただきました。

社交辞令であったにせよ、そのことに意を強くし、自分の拙い歌でも、社会の歪みへの意思表示のひとつにでもなればという思いも湧いてきたのでした。

そんな訳で、石丸記者には、まことに勝手な思いではございますが、背中を押していただいた気がしております。また、歌集への貴重なご意見まで賜り、こころから感謝致しております。

表紙画と挿画について。
わたしは高校三年生の時、プロテスタントの教会で洗礼をうけました。その教会の在る町に、数年前再び帰ることとなり、十章「きっと　ここ」に、その思いを込めましたが、いつも教会行事の挿絵を描いてくださっている山畑愛さまに、今回、表紙画や挿画をお願いいたしました。急なお願いにもかかわらず、快く引き受けてくださりありがとうございました。

最後になりましたが、「五行歌の会」の主宰である草壁焔太先生には、長きにわたってご指導を賜り、またお忙しい中、跋文を快くお引き受けくださり、感謝の言葉もございません。

そして、三好叙子副主宰をはじめ、市井社のスタッフの皆さまには、歌集完成までの間、いろいろお世話様になりありがとうございました。

拙い歌集ですが、お読みくださった皆様には心より感謝申し上げます。

余談ながら、「ゆうゆう」という、どこかの銭湯や施設で見かけるような名前は、自分の仕事の花ユニット「花遊友」（はなゆうゆう）からとったもので、最初から通してきた筆名なのですが、上梓に際し、本名に変えようかと迷った時、「〝ゆうゆう〟という心の立ち位置で詠んだ歌なのだから…」という、歌友の助言に納得し、そのままに致しました。

二〇二〇年一月

ゆうゆう

ゆうゆう
広島市佐伯区在住
「五行歌の会」同人
「花遊友」（生花＆押し花）主宰

そらまめ文庫　ゆ 1-1
きっと　ここ　—私の置き場—

2020 年 3 月 3 日　初版第 1 刷発行

著　者　　ゆうゆう
発行人　　三好清明
発行所　　株式会社 市井社
〒 162-0843
東京都新宿区市谷田町 3-19 川辺ビル 1F
電話　03-3267-7601
https://5gyohka.com/shiseisha/

印刷所　　創栄図書印刷 株式会社
絵　　山畑　愛
装　丁　　しづく

©Yuyu 2020 Printed in Japan
ISBN978-4-88208-171-5

落丁本、乱丁本はお取り替えします。
定価はカバーに表示しています。

字数にこだわらず
現代のことばを
そのままに
自分の呼吸で
五行に分ける詩《うた》

五行歌とは、五行で書く歌のことです。この形式は、約60年前に、五行歌の会の主宰、草壁焰太が発想したもので、1994年に約30人で会はスタートしました。

五行歌は現代人の各個人の独立した感性、思いを表すのにぴったりの形式で、誰にも書け、誰にも独自の表現を完成できるものです。このため、年々会員数は増え、全国に百数十の支部（歌会）があり、愛好者 は五十万人にのぼります。

五行歌の会では月刊『五行歌』を発行し、同人会員の作品のほか、各地の歌会のようすなど掲載しています。

読売新聞では、岩手県版、埼玉県版、神奈川県版、山梨県版、静岡県版に、投稿作品掲載。朝日新聞は、熊本県版。毎日新聞は、秋田県版に。また、夕刊フジ、その他地方新聞や雑誌などにも多数五行歌の作品が掲載されています。

五行歌の講座として、テレビ岩手アカデミー、NHK文化センター八王子教室・いわき教室、読売・日本テレビ文化センター柏教室、なども開催しています。くわしくはホームページをご覧ください。

五行歌の会　https://5gyohka.com/
〒162-0843　東京都新宿区市谷田町3-19　川辺ビル1階
電話　03-3267-7607　　ファクス　03-3267-7697